最雅情诗·中国篇

你是人间的四月天

林徽因 等著

林玮 赏析

中国出版集团
中译出版社

目录

《诗经》·先秦

《秦风·蒹葭》—— 002
《小雅·采薇》—— 004
《郑风·子衿》—— 008

司马相如·汉

《凤求凰》（两首）—— 012

卓文君·汉

《白头吟》—— 016

苏武·汉

《留别妻》—— 020

《乐府诗》·汉

《饮马长城窟行》—— 024
《上邪》—— 026
《有所思》—— 028

曹丕·魏晋

《燕歌行》—— 032

《古诗十九首》·汉

《迢迢牵牛星》—— 036
《行行重行行》—— 038

张九龄·唐

《望月怀远》—— 042

李白·唐

《长相思》（三首）—— 046
《三五七言》—— 048

白居易·唐

《长相思·汴水流》—— 052
《长恨歌》—— 054

崔护·唐

《题都城南庄》—— 062

元稹·唐

《离思》（其四）——066

温庭筠·唐

《菩萨蛮·小山重叠金明灭》——070
《望江南·梳洗罢》——072

李商隐·唐

《无题·来是空言去绝踪》——076
《无题·重帏深下莫愁堂》——078

鱼玄机·唐

《和新及第悼亡诗二首》——082

李煜·五代

《长相思·一重山》——086

柳永·宋

《蝶恋花·伫倚危楼风细细》——090

张先·宋

《千秋岁·数声鹈鴂》——094

晏殊·宋

  《蝶恋花·槛菊愁烟兰泣露》__098

欧阳修·宋

  《玉楼春·尊前拟把归期说》__102
  《蝶恋花·庭院深深深几许》__104

晏几道·宋

  《临江仙·梦后楼台高锁》__108

李之仪·宋

  《卜算子·我住长江头》__112

秦观·宋

  《鹊桥仙·纤云弄巧》__116
  《江城子·西城杨柳弄春柔》__118

李清照·宋

  《点绛唇·蹴罢秋千》__122

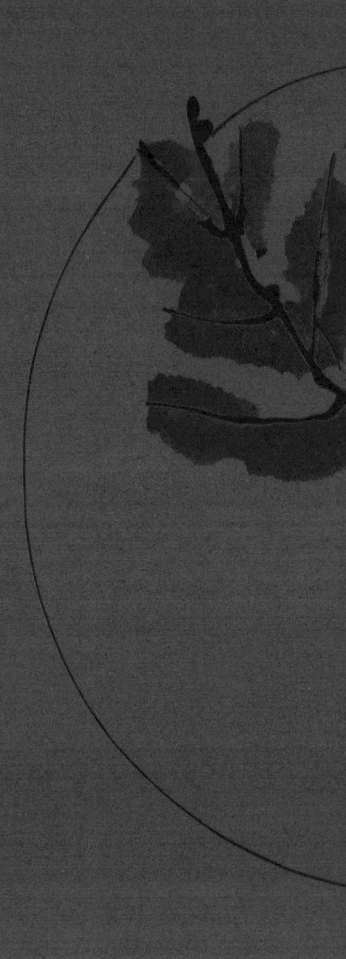

吕本中·宋

《采桑子·恨君不似江楼月》— 126

陆游—唐琬·宋

《钗头凤·红酥手》（陆游）— 130
《钗头凤·世情薄》（唐琬）— 131

姜夔·宋

《鹧鸪天·元夕有所梦》— 136

元好问·金

《摸鱼儿·雁丘词》— 140

管道升·元

《我侬词》— 144

唐寅·明

《一剪梅·雨打梨花深闭门》— 148
《一剪梅·红满苔阶绿满枝》— 150

朱彝尊·清

  《桂殿秋·思往事》—— 154

纳兰性德·清

  《木兰花·拟古决绝词柬友》—— 158
  《浣溪沙·谁念西风独自凉》—— 160
  《采桑子·而今才道当时错》—— 162

曹雪芹·清

  《枉凝眉》—— 166
  《红豆曲》—— 168

王国维·清

  《蝶恋花·阅尽天涯离别苦》—— 172

刘半农·现代

《教我如何不想她》—— 176

徐志摩·现代

《偶然》—— 180
《沙扬娜拉》—— 182
《我有一个恋爱》—— 184
《我等候你》—— 188

林徽因·现代

《你是人间的四月天》—— 196
《情愿》—— 200

戴望舒·现代

《雨巷》—— 204
《烦忧》—— 208
《八重子》—— 210

邵洵美·现代

《季候》—— 214

资讯越发达，情感越淡薄；通信越便捷，思念越罕见。至今读两千年前的《诗经》，抑或一百年前的《教我如何不想她》，都能于文字间体会到动人心魄、撼人灵魂之感。爱情是一个永恒的话题，是人生中最值得追求的事情之一。在机器人距离我们越来越近的今天，重读古人的爱情，不只是一种回味、共鸣，更是在用人类积累的千百种武器，与那个被算法、AI、元宇宙固化了的"未来社会"相抗衡。我选情诗，愿执火种、再燎情原，愿栽大木、重柱长天。

最最亲爱的人啊，路途遥远，让我们在一起吧！

——林玮　浙江大学教授

《诗经》

先秦

《秦风·蒹葭》 《小雅·采薇》 《郑风·子衿》

秦风·蒹葭

先秦 《诗经》

蒹葭苍苍,白露为霜。

所谓伊人,在水一方。

溯洄从之,道阻且长。

溯游从之,宛在水中央。

蒹葭萋萋,白露未晞。

所谓伊人,在水之湄。

溯洄从之,道阻且跻。

溯游从之,宛在水中坻。

蒹葭采采,白露未已。

所谓伊人,在水之涘。

溯洄从之,道阻且右。

溯游从之,宛在水中沚。

赏析

《秦风》是秦地之风,多有西北悲壮之气,可《蒹葭》却写得委婉、空灵,丝毫没有北方粗犷沉雄的味道。可见,爱情不分南北,总是以柔婉缠绵为最。

我读此诗,恰是初中,情有萌动,最喜忧伤。这首诗里那种求而不得的爱情,特别适合当时的场景。白露为霜,说明是深秋的清晨,冷寂落寞,爱人不知在何处。说不知在何处,又不确切。因为"溯洄""溯游"都说明追求她的路,还是有希望的。可是,就算一番艰劳,一番追寻之后,她依然没有欣然接受。那种可望而不可得,是何等地悸动着人心。求不得,真是人生至苦之一。可恰恰因为有"求不得"苦,人生才有意义。这种意义就是在伤感中叹息。王国维《人间词话》将这首诗与晏殊的《蝶恋花》并论,认为"最得风人深致",可谓通透之论。

小雅·采薇

先秦 《诗经》

采薇采薇,薇亦作止。 采薇采薇,薇亦柔止。

曰归曰归,岁亦莫止。 曰归曰归,心亦忧止。

靡室靡家,玁狁之故。 忧心烈烈,载饥载渴。

不遑启居,玁狁之故。 我戍未定,靡使归聘。

采薇采薇,薇亦刚止。　　彼尔维何?维常之华。

曰归曰归,岁亦阳止。　　彼路斯何?君子之车。

王事靡盬,不遑启处。　　戎车既驾,四牡业业。

忧心孔疚,我行不来。　　岂敢定居,一月三捷。

小雅·采薇 诗经

驾彼四牡,四牡骙骙。 昔我往矣,杨柳依依。

君子所依,小人所腓。 今我来思,雨雪霏霏。

四牡翼翼,象弭鱼服。 行道迟迟,载渴载饥。

岂不日戒?猃狁孔棘。 我心伤悲,莫知我哀。

赏析

　　这是一首戍人之歌,写的是战士对家、对情、对人的感念。写战争,多是要雄壮感沛,注重场面,可这首诗写的却是一个具体的人对一段具体的情的抽象的思念。中国人"反战"的思想,爱好和平的理念,不来源于战争的残酷,而来源于这世间、人与人之间,乃至人与自然之间的真情挚爱。

　　这位戍卒爱的是什么呢?是那种卿卿我我的感觉——"昔我往矣,杨柳依依。今我来思,雨雪霏霏"。这一千古名句的背后,绝非一般男女耳鬓厮磨的缠绵悱恻,而是人在一种天地境界(杨柳依依、雨雪霏霏)中的自我存在感。从"昔我往矣"到"今我来思",中间相隔着的是无尽的战事。这战事对个体来说是无聊的、单调的、紧张的,而唯独在爱中,在对爱人的思念中,人才是有意义的。

郑风·子衿

先秦 《诗经》

青青子衿,悠悠我心。

纵我不往,子宁不嗣音?

青青子佩,悠悠我思。

纵我不往,子宁不来?

挑兮达兮,在城阙兮。

一日不见,如三月兮!

赏析

　　这是一首女子唱的恋歌，普遍认为写的是一位女子在等待恋人时对恋人的那种焦灼与思念。若真是出自一位女性的手笔，写的又是女性之于男性的思念，那可谓中国女性主义的发端之作，是女性自我意识的微妙体现——它把这位女性写得多么灵动啊。"青青子衿""青青子佩"，看似说的服饰，其实是颜值，颜值就是"悠悠我心"。这位女子望穿秋水，"挑"啊、"达"啊，来回踱步，强烈的情绪在这里描写和体现得极为充分。当然，最充分的是"一日不见，如三月兮"，这一传唱至今的表述，一直是爱情最贴切的描绘。没有这种长相厮守的愿望，很难说是真爱。而一旦有了这种愿望，中国古代女子的独立、自主、平等就呈现了出来。一个人是否独立，很大程度上看他/她敢不敢去追求自己的真爱。《郑风·子衿》是破世之作，更是爱情的范本。

有一美人兮，见之不忘
一日不见兮，思之如狂

司马相如 汉

《凤求凰》(两首)

凤求凰（两首）

汉　司马相如

其一

有一美人兮，见之不忘。

一日不见兮，思之如狂。

凤飞翱翔兮，四海求凰。

无奈佳人兮，不在东墙。

将琴代语兮，聊写衷肠。

何时见许兮，慰我彷徨。

愿言配德兮，携手相将。

不得於飞兮，使我沦亡。

其二

凤兮凤兮归故乡，遨游四海求其凰。

时未遇兮无所将，何悟今兮升斯堂！

有艳淑女在闺房，室迩人遐毒我肠。

何缘交颈为鸳鸯，胡颉颃兮共翱翔！

凰兮凰兮从我栖，得托孳尾永为妃。

交情通意心和谐，中夜相从知者谁？

双翼俱起翻高飞，无感我思使余悲。

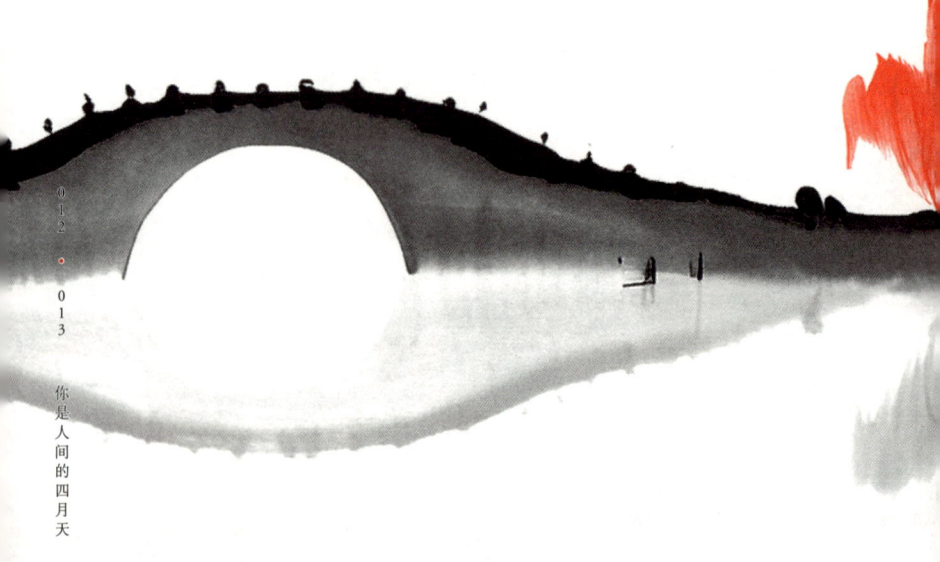

赏析

司马相如是汉代著名的文学家,在四川临邛居住时,穷困潦倒。有一次,他去富商卓王孙家做客。卓王孙的女儿卓文君年方十七,在屏风外偷看司马相如。司马相如早就听说这位小姐的芳名,却佯作不知,故意弹奏了一曲《凤求凰》,以传爱慕之情。文君听出了司马相如的琴声,竟与之私奔到成都。卓王孙大怒,拒绝认这门亲。在卓文君的建议下,两人回到临邛,开了家酒肆。富家小姐当垆卖酒,大才子司马相如打杂。卓王孙觉得脸上挂不住,便分给他们奴仆百人,铜钱百万,这两位才得以回到成都,购买田地住宅,过上了富足的生活。今成都市通惠门仍有琴台故径,相传为司马相如弹琴处,杜甫亦有《琴台》一诗记载。

这首诗写得确实是才华横溢,充分彰显出一位青年才子偶遇佳人时的肆情放纵。凤凰是传说中的神鸟,雄曰凤,雌曰凰,司马相如把自己比作凤凰,颇有自命非凡之意。在这首诗里,他直白地表达暗约文君半夜幽会,"中夜相从知者谁?",实在堪称大胆。而正是这种大胆,冲破了封建礼教的罗网,使爱情本身成为人的意义。

卓文君 汉

《白头吟》

白头吟

汉　卓文君

皑如山上雪，皎若云间月。
闻君有两意，故来相决绝。
今日斗酒会，明旦沟水头。
躞蹀御沟上，沟水东西流。
凄凄复凄凄，嫁娶不须啼。
愿得一心人，白头不相离。
竹竿何袅袅，鱼尾何簁簁！
男儿重意气，何用钱刀为！

赏析

卓文君 17 岁守寡,被司马相如一曲《凤求凰》一听倾心,不顾父亲的阻挠,凭着对爱情的憧憬、对幸福的追求,与相如私奔。可是,司马相如在事业上略显锋芒,便计划纳妾。相传,卓文君作了这首《白头吟》,表达自己的哀怨之情。这首诗写得非常有力,把一位窈窕美丽,感情真挚,又性格刚强如铁的女子写活了。特别是"愿得一心人,白头不相离"一句,成为千古绝唱。也有人说,这首诗并不是卓文君的手笔,因为"西汉中期不可能产生这么成熟的五言诗"。此说法有其道理,但将这与司马相如的《凤求凰》放在一起比较,更可以看出爱情本身的力量。无论是开篇时的炽烈,还是消散前的坚韧,都是如此铿锵有力。上面有长空一片渺渺茫茫,下面有清水卷起万丈波澜。

天长地远日夜跋涉多艰苦,梦魂也难飞越这重重关山。

日日夜夜地思念啊,相思之情痛断肝肠!

努力爱春华
莫忘欢乐时
生当复来归
死当长相思

苏武 汉

《留别妻》

留别妻

汉 苏武

结发为夫妻,恩爱两不疑。

欢娱在今夕,嬿婉及良时。

征夫怀远路,起视夜何其?

参辰皆已没,去去从此辞。

行役在战场,相见未有期。

握手一长叹,泪为生别滋。

努力爱春华,莫忘欢乐时。

生当复来归,死当长相思。

赏析

苏武持节十九年,拒不投降匈奴,誓死忠于汉朝。这一典故以"苏武牧羊"为名,广为人知。那是公元前一〇〇年,苏武四十岁,任汉朝中郎将。那年,匈奴向大汉示好,放回了曾经扣留在匈奴的汉朝使节,于是,汉武帝派了苏武率使团,把汉朝扣留的匈奴使者也送还回去。可是,没想到,苏武到了匈奴,又被扣留,这一扣就是十九年。还好行前苏武写了这样一首诗留给妻子。全诗按时间线索,前四句写夫妻恩爱,中间四句写深夜两人难分难舍,再四句写黎明时分两人分手,最后四句最为感人,写的是双方立下誓言:不要过分伤心,要努力地爱这个世界;只要活着就一定会回来,倘若死去,要保持永远的思念。后来,苏武历尽艰辛,获释回汉。他死后,汉武帝还将他列为麒麟阁的十一位功臣之一。

《乐府诗》 汉

《饮马长城窟行》《上邪》《有所思》

饮马长城窟行

汉 《乐府诗》

青青河畔草,绵绵思远道。
远道不可思,夙昔梦见之。
梦见在我傍,忽觉在他乡。
他乡各异县,辗转不相见。
枯桑知天风,海水知天寒。
入门各自媚,谁肯相为言?
客从远方来,遗我双鲤鱼。
呼儿烹鲤鱼,中有尺素书。
长跪读素书,书中竟何如?
上言加餐食,下言长相忆。

赏析

  汉代战乱，离人悲歌。一面是家国情怀，战火纷飞；另一面是爱情缠绵，苦等遥思。"反战"的背后，是对烟火人间的无比挚爱。这首诗写得亦幻亦真，真假难辨。开篇就说一位女子梦见远征的丈夫，"梦见在我傍，忽觉在他乡"。那种梦中醒来带泪的感受，说到底是人最深沉的孤独。无人告诉征夫的音讯。可没想到的是，神奇的一幕出现了：客人到家，送来鲤鱼，剖开鱼腹，竟有书信。书信很短，就两行六字，"加餐饭，长相忆"。"加餐饭"的背后是人要好好地活着，只有活着，一切才有希望。可是，光活着还不行。一个真正的人，必须有爱、有思念、有牵挂，活着才有味道。故而，"上言加餐饭，下言长相忆"，一则说的是要好好生活；二则说的是要活得真切、可信，充满人情味。那就是：要一直想我，就如我这样想你。

上邪

汉 《乐府诗》

上邪!

我欲与君相知,长命无绝衰。

山无棱,江水为竭,

冬雷震震,夏雨雪,天地合,

乃敢与君绝!

赏析

　　这首诗是与电视剧《还珠格格》的主题曲《当》（1998年）同时入我耳目的。两者意味相近，可《当》显然不如《上邪》有力。这力出自一位女子，尤显生命与爱情之炽烈迸发，震烁千古。这是一篇誓言，她指天发誓，深情奇想，既新颖泼辣，又感人肺腑。别说《当》了，就是李白《将进酒》也比之不如。

　　这位女子不仅有强烈的情感，更有离奇的想象——这是文学和艺术诞生的两点缘由。她赌咒发誓，说要与君分手，必待五件天地异象。她一一列举，一件比一件难以理解，一件比一件夸张、离谱，最终让人看到的是她的感情之真。若真有"上邪"，当见证了这一千多年来人间无数场海誓山盟与繁华落尽。它看到了《上邪》的激情与浪漫，也看到了这浪漫消散后的哀婉与忧伤。正是因为有《上邪》这般情感的存在，"上邪"才无法阻止人们追求爱情。每颗星都试图绚烂银河。

有所思

　　汉　《乐府诗》

有所思,乃在大海南。

何用问遗君,双珠玳瑁簪,

用玉绍缭之。

闻君有他心,拉杂摧烧之。

摧烧之,当风扬其灰!

从今以往,勿复相思,相思与君绝!

鸡鸣狗吠,兄嫂当知之。

妃呼狶!

秋风肃肃晨风飔,

东方须臾高知之!

赏析

  闻一多转述清代学者庄述祖的话，说这首诗可以与《上邪》相互比照，"当合为一篇"。其实，这两首都是以女子口吻写的诗，用情之真、之专，前后一致，可是，面对的场景却是那么不同。《上邪》是爱情初始，赌咒发誓，《有所思》则是薄情郎变心，遗恨万千。"闻君有他心"，爱的坚贞化为怒火，"拉、摧、烧、扬"，近乎要把昔日的爱人给"挫骨扬灰"，如快刀斩乱麻，干脆利落。

  若只至此，情则真矣，却乏动人。在这位女子的决绝之中，依然含着不忍。想到"鸡鸣狗吠，兄嫂当知之"，她心乱如麻，相思复又再生。不过，心怀真爱之人，内心也十分强大，只要不是她的错，再复杂的情绪也能走出来。她对自己说："只要等会儿，天亮以后，再难的困境，也一定有解脱之路。"读到这里，这位女子高洁，自信而真诚的人格，便如东方皓白一般，让人钦佩。

明月皎皎照我床

星汉西流夜未央

曹丕

魏晋

《燕歌行》

燕歌行

魏晋　曹丕

秋风萧瑟天气凉，草木摇落露为霜，群燕辞归鹄南翔。
念君客游多断肠，慊慊思归恋故乡，君何淹留寄他方？
贱妾茕茕守空房，忧来思君不敢忘，不觉泪下沾衣裳。
援琴鸣弦发清商，短歌微吟不能长。
明月皎皎照我床，星汉西流夜未央。
牵牛织女遥相望，尔独何辜限河梁。

赏析

  燕是西周至春秋战国时期的诸侯国名，大概在今天北京市以及河北北部、辽宁西南部等一带。这里是当时的边境，汉族与北方少数民族短兵相接，连年不断。这首诗与《饮马长城窟》很像，都是女子对远征丈夫的思念，是"妇人怨旷"之思。作者曹丕是政治家，但他的文风与其弟曹植的报效国家不同，更迥异于其父曹操的慷慨激昂，而是一种特殊的凄苦哀怨。明人钟惺说他"婉娈细秀，有公子气，有文人气"，是很恰当的。

  这首诗开篇写景：秋风萧瑟，就是寂寞的烘托；其后写情，夫君至今未归还；再次自况，泪下沾裳，援琴短歌，多是忧思。汉乐府中有长歌行、短歌行，其中长歌多慷慨激昂，短歌多低回哀伤。其后四句，"明月皎皎照我床，星汉西流夜未央。牵牛织女遥相望，尔独何辜限河梁"，写的就是《古诗十九首》中《迢迢牵牛星》的情景，苍凉之中有一点哀思，辞藻华美，表达的情感却又那么平实。

思君令人老,
岁月忽已晚。

《古诗十九首》 汉

《迢迢牵牛星》《行行重行行》

迢迢牵牛星

汉 《古诗十九首》

迢迢牵牛星,皎皎河汉女。
纤纤擢素手,札札弄机杼。
终日不成章,泣涕零如雨。
河汉清且浅,相去复几许。
盈盈一水间,脉脉不得语。

赏析

《迢迢牵牛星》也是一首写女子相思之苦的歌,写的对象是中国人耳熟能详的牛郎和织女。这位仙女,之美是"纤纤擢素手";之勤是"札札弄机杼";之忧则是"终日不成章";之苦是"泣涕零如雨"。这样的画面,配合着"盈盈一水间"的环境,得出"脉脉不得语"的结局,凭谁都会感到一种哀婉与怜惜。诗不过十句,六句用了叠音词——"迢迢""皎皎""纤纤""札札""盈盈""脉脉",读来叮当作响,如同珍珠坠地,清丽盎然,煞是好听。这好听之间,又得以让人窥见爱情的离愁。汉语之美,在这几处叠音词中表现得可谓淋漓尽致。更重要的是,它写爱情,不写真人,却以星宿代之,物性与情思无比贴切,直把古人"与天地上下同其流"的生命美学彰显得同样淋漓尽致。

行行重行行

汉 《古诗十九首》

行行重行行,与君生别离。

相去万余里,各在天一涯。

道路阻且长,会面安可知?

胡马依北风,越鸟巢南枝。

相去日已远,衣带日已缓。

浮云蔽白日,游子不顾反。

思君令人老,岁月忽已晚。

弃捐勿复道,努力加餐饭。

赏析

　　《古诗十九首》是一组汉末无名氏的诗作，不知其作者，却奠定了中国人思虑中最普遍的思绪，后世谓之"诗母"。这是《古诗十九首》的第一首，写的是汉末动荡岁月中的相思乱离。古人谈情说爱，与今天有一巨大的不同，就是信息传播的迟缓。"行行重行行"和"道路阻且长"的结果是"相去万余里"，是"与君生别离"，是"各在天一涯"，是"会面安可知"。这种今人难以体会的痛苦，深刻构成了古人的生命体验。

　　而这首诗的前半部分就是这一体验的直白呼喊。到"浮云蔽白日，游子不顾反"时，猜忌之心油然而生，令人怀疑这位女子思念的对象是一个变心之人。可即便如此，这爱依然深沉且温煦。她说"思君令人老，岁月忽已晚"，并无丝毫的顾影自怜。她劝慰自我"弃捐勿复道"，而想要告诉那位男子的是"努力加餐饭"——爱在生活的点滴。这总让我想起张晓风《一个女人的爱情观》里的话："相拥的那一对也许今晚就分手，但一鼎一镬里却有其朝朝暮暮的恩情啊！"

海上生明月，天涯共此时

张九龄 唐

《望月怀远》

望月怀远

唐　张九龄

海上生明月,天涯共此时。
情人怨遥夜,竟夕起相思。
灭烛怜光满,披衣觉露滋。
不堪盈手赠,还寝梦佳期。

赏析

　　唐代诗人张九龄当过玄宗时期的宰相,后因奸臣李林甫排挤而遭贬。作为位高权重的官员,这首诗写得情真意切,辞藻极美。开篇两句传唱千古:"海上生明月,天涯共此时",大气磅礴,而随即转入对远人的思念之中。"灭烛怜光满,披衣觉露滋"一句,写诗人吹灭蜡烛后看满屋月光惹人怜爱的独特感受,披在肩上的衣服也沾上了露水。这种细腻的美,常人难以体会。更不用说,最后一句"不堪盈手赠,还寝梦佳期",说的竟是月光无法捧在手中赠予,只能于梦中与你相见的神奇想象。古人说此诗"清浑不著,又不佻薄",真可谓"得"矣。

天长路远魂飞苦,梦魂不到关山难

李白 唐

《长相思》（三首）《三五七言》

长相思（三首）

唐　李白

其一

长相思，在长安。

络纬秋啼金井栏，微霜凄凄簟色寒。

孤灯不明思欲绝，卷帷望月空长叹。

美人如花隔云端。

上有青冥之长天，下有渌水之波澜。

天长路远魂飞苦，梦魂不到关山难。

长相思，摧心肝。

其二

日色欲尽花含烟，月明如素愁不眠。

赵瑟初停凤凰柱，蜀琴欲奏鸳鸯弦。

此曲有意无人传，愿随春风寄燕然。

忆君迢迢隔青天。昔日横波目，今作流泪泉。

不信妾断肠，归来看取明镜前。

其三

美人在时花满堂，美人去后花馀床。

床中绣被卷不寝，至今三载闻余香。

香亦竟不灭，人亦竟不来。

相思黄叶落，白露湿青苔。

赏析

　　《长相思》共三首,写得都是离别的爱人相互思念之苦。第一首写得最苦,双方相隔遥远,"梦魂不到",唯有长久的思念,摧人心肝。这种思念与"秋啼""微霜""孤灯""卷帷"等意象相互作用,营造出一种凄凉的氛围。第二首写得最真切,女子在傍晚掌灯时分,弹琴写意,借曲传情,边弹边流泪,想念远在燕然山的远征亲人,望眼欲穿、颜貌渐失,期盼爱人回来共看愁容。第三首写得最直白,一位男子在爱人去世后三年,仍然保持无法淡忘的思念。这种思念竟与花、香等融为一体,充满了想象的气息。而这种气息在篇末表现为"黄叶"与"青苔",又显得切近而真实。离人的相思,可以有不同的表现,却无一不是缠绵悱恻。

三五七言

唐 李白

秋风清,秋月明,
落叶聚还散,寒鸦栖复惊。
相思相见知何日,此时此夜难为情。

赏析

这首诗的体例很奇特，三、五、七言各两句，写了深秋之夜，诗人不知思念何人时的惆怅。这一夜，风清月明，落叶飘散，寒鸦沉睡间又忽然被惊醒。

一般把此诗解读为"闺中望远"之作；而此种解释很容易让这一言短意长的诗作沦为庸常，甚至只不过是一首"唱和诗"。其实，类似《夜坐吟》的诗作，不但李白写过，李贺也写过。但这首诗则不同，它不像其他同类诗作那样文辞艳丽，甚至有气不胜辞之感。相反，《三五七言》只用"此时此夜难为情"一句，就足够将其余语境全部打开。在这里，无论是闺中怨妇，还是思念远人的男子，都清晰地意识到自己的情感，在一个特定的时刻，无从宣泄、无由寄托，它与秋风、秋月、落叶、寒鸦一并构成了那个动人的、真实的情景与诗篇。

在天愿作比翼鸟
在地愿为连理枝

白居易 〔唐〕

《长相思·汴水流》《长恨歌》

长相思·汴水流

唐 白居易

汴水流,泗水流,流到瓜州古渡头。吴山点点愁。

思悠悠,恨悠悠,恨到归时方始休。月明人倚楼。

赏析

古人写诗，尤其填词，总爱"男子作闺音"，就是男性诗人模拟女性身份和口吻，抒发对男子的思念、怨恨之情。这种做法，暗合了欧洲哲学，譬如柏拉图在《会饮篇》中所高度标举的"雌雄同体"观。《长相思·汴水流》就是一首这样的词作。白居易模拟女子在月夜中倚楼时的所见所想，写她对远人不归的怨恨。

如果说这是一首"闺怨"词，整体情感便显平淡，而特色主要在三个"流"与两个"悠悠"构成的曲折、绵长之感。不过，值得一提的是，今人王汝弼在《白居易选集》中颇具独到地提出这是诗人朋友、杭州人"柳枝回南，白氏惜别之作"。按他的分析，"上阕写柳枝回南必经之路"：汴水→泗水→瓜洲古渡→吴山；而下阕是白居易的自况。此说亦有道理，可供后人追忆不同的情感。

长恨歌

唐　白居易

汉皇重色思倾国，御宇多年求不得。
杨家有女初长成，养在深闺人未识。
天生丽质难自弃，一朝选在君王侧。
回眸一笑百媚生，六宫粉黛无颜色。
春寒赐浴华清池，温泉水滑洗凝脂。
侍儿扶起娇无力，始是新承恩泽时。
云鬓花颜金步摇，芙蓉帐暖度春宵。
春宵苦短日高起，从此君王不早朝。
承欢侍宴无闲暇，春从春游夜专夜。
后宫佳丽三千人，三千宠爱在一身。
金屋妆成娇侍夜，玉楼宴罢醉和春。

姊妹弟兄皆列土，可怜光彩生门户。

遂令天下父母心，不重生男重生女。

骊宫高处入青云，仙乐风飘处处闻。

缓歌谩舞凝丝竹，尽日君王看不足。

渔阳鼙鼓动地来，惊破霓裳羽衣曲。

九重城阙烟尘生，千乘万骑西南行。

翠华摇摇行复止，西出都门百余里。

六军不发无奈何，宛转蛾眉马前死。

花钿委地无人收，翠翘金雀玉搔头。

君王掩面救不得，回看血泪相和流。

黄埃散漫风萧索，云栈萦纡登剑阁。

峨嵋山下少人行，旌旗无光日色薄。

蜀江水碧蜀山青，圣主朝朝暮暮情。

行宫见月伤心色，夜雨闻铃肠断声。

天旋地转回龙驭，到此踌躇不能去。

长恨歌·白居易

马嵬坡下泥土中,不见玉颜空死处。

君臣相顾尽沾衣,东望都门信马归。

归来池苑皆依旧,太液芙蓉未央柳。

芙蓉如面柳如眉,对此如何不泪垂?

春风桃李花开日,秋雨梧桐叶落时。

西宫南内多秋草,落叶满阶红不扫。

梨园弟子白发新,椒房阿监青娥老。

夕殿萤飞思悄然,孤灯挑尽未成眠。

迟迟钟鼓初长夜,耿耿星河欲曙天。

鸳鸯瓦冷霜华重,翡翠衾寒谁与共?

悠悠生死别经年,魂魄不曾来入梦。

临邛道士鸿都客,能以精诚致魂魄。

为感君王辗转思,遂教方士殷勤觅。

排空驭气奔如电,升天入地求之遍。

上穷碧落下黄泉,两处茫茫皆不见。

忽闻海上有仙山,山在虚无缥缈间。

楼阁玲珑五云起,其中绰约多仙子。

中有一人字太真,雪肤花貌参差是。

金阙西厢叩玉扃,转教小玉报双成。

闻道汉家天子使,九华帐里梦魂惊。

揽衣推枕起徘徊,珠箔银屏迤逦开。

云鬓半偏新睡觉,花冠不整下堂来。

风吹仙袂飘飖举,犹似霓裳羽衣舞。

玉容寂寞泪阑干,梨花一枝春带雨。

含情凝睇谢君王,一别音容两渺茫。

昭阳殿里恩爱绝,蓬莱宫中日月长。

回头下望人寰处,不见长安见尘雾。

唯将旧物表深情,钿合金钗寄将去。

钗留一股合一扇,钗擘黄金合分钿。

但教心似金钿坚,天上人间会相见。

临别殷勤重寄词,词中有誓两心知。

七月七日长生殿,夜半无人私语时。

在天愿作比翼鸟,在地愿为连理枝。

天长地久有时尽,此恨绵绵无尽期。

赏析

这首长篇叙事诗的本意不是写爱情,它的要旨是批评唐玄宗重色误国。可是,在这一"硬核"的批评之中,却包裹着浓浓的对爱情的礼赞。这一礼赞并不是突如其来的,而是诗人在创作之初就带有说不清的对女性颜值的崇拜之情。全篇贯穿着唐玄宗和杨贵妃的爱情及其悲剧性进展,这一悲剧的"内核"是君王不该有爱情。

君王身负千秋大业，是无数百姓的冀望。他不是一个人，而是一个象征。这一象征无法避免地要与爱情脱钩，否则就有可能酿成大祸。白居易在这里写的恰是一个作为"人"的君王试图反抗其象征而不得的悲剧。"在天愿作比翼鸟，在地愿为连理枝"，"天长地久有时尽，此恨绵绵无尽期"——这是爱情史上最为动人的宣言，它深刻地说明了爱情的柔弱与短暂，说明了人生的脆弱与无常。这使得一般意义上的爱情具有了人类命运的无限悲剧性，那就是一旦遭遇真爱，人们都希望它能超越时空，成为苍茫无尽时光里的唯一永恒。而这一希冀注定是要落空的："昭阳殿里恩爱绝，蓬莱宫中日月长，回头下望人寰处，不见长安见尘雾。"

人面不知何处去，桃花依旧笑春风

崔护 唐

《题都城南庄》

题都城南庄

唐　崔护

去年今日此门中,人面桃花相映红。
人面不知何处去,桃花依旧笑春风。

赏析

这首诗写得极美，美的不仅是"人面桃花相映红"这一艳遇，更是"桃花依旧笑春风"的惆怅。人生是需要积淀的，从诗人遇见女子的第一面到他们试图再见的第二面，中间隔了一整年。这一整年的间隔，即便有一见钟情，也早已被冲淡。

那么，为什么我们仍然觉得这首诗很美呢？因为两人最终没有见成。诗人那种情摇意夺的情状，最终只能是付诸东风，以"依旧"二字引发无限的怅惘。正是"重寻不遇"，使人对爱情有足够的信任：它不是随意的挑逗，而是需要足够的缘分、期许和真诚的。相比之下，孟棨《本事诗·情感》编撰出崔护因题此诗而让那位女子相思绝食离世，后又死而复生，两人幸福地生活在一起的故事，就显得极为无聊。"重寻不遇"是一种普遍而又充满审美意味的人生经验，它与日本美学中的"一期一会"观念有着天然的相通之处，它提示我们"莫轻慢，要珍惜"。

曾经沧海难为水 除却巫山不是云

元稹 唐

《离思》（其四）

离思(其四)

唐　元稹

曾经沧海难为水,除却巫山不是云。

取次花丛懒回顾,半缘修道半缘君。

赏析

元稹的《离思》系列共有五首,都是悼念亡妻之作。这是其中第四首,也是最负盛名的一首。元稹是个风流才子,一生用情不一,但对妻子韦丛的思念却是贯穿始终的。他深深知道,作为一位穷苦人家的孩子,没有韦丛就没有其后一生。

韦丛离世那年,年仅二十七岁,而元稹也只有三十一岁。两人都是最好的年纪,又经过了最好的恋爱。这恋爱是沧海、是巫山,与之相比,这世间一切的水、云都无足观。元稹自谓,在人世间沉浮,即使经过"花丛",也懒于顾视。这一半是因为修道而清心寡欲,另一半则是因为早已经历了人间最美的爱情。当年,元稹为了与韦丛结合,背弃了原本在一起的恋人,其爱之深之切,是不难想象的。从元稹身上可以看到,爱情就是爱情,它固然应该与伦理有关,但其真挚其动人,却不因伦理而产生质的改变。谁都知道,伦理是可以说清楚的,而爱情则不能。

照花前后镜

花面交相映

新帖绣罗襦

双双金鹧鸪

温庭筠 · 唐

《菩萨蛮·小山重叠金明灭》《望江南·梳洗罢》

菩萨蛮·小山重叠金明灭

唐　温庭筠

小山重叠金明灭,鬓云欲度香腮雪。
懒起画蛾眉,弄妆梳洗迟。

照花前后镜,花面交相映。
新帖绣罗襦,双双金鹧鸪。

赏析

每看到这首词,我的耳边就会响起叶嘉莹先生的吟诵。此词写女子起床梳洗时的娇慵姿态和她妆成之后的情态,细致、华美、令人心动,而叶先生的吟诵与这种心动极为相称。这种心动不是怜惜的,也不是娇宠的,而是相当独特的女性之美。她不是一般意义上的闺怨,其孤独之心,完全在与世界几乎不打交道的特殊情景中生成,她不一定指向某个具体的人,却能让人颇生亲近之感。

历代都有对这首词的解释,清人张惠说"此感士不遇之作也",深得某些人的心。他们索隐探微,提出这首词是温庭筠屡试不第后进献给唐宣宗的干谒诗。这种说法很难说毫无道理,但确如叶嘉莹先生所言"此词自客观之观点读之,实但写一女子晨起化妆而已"。就这一个"而已",其实已经足够说明每个人,而于闺中仕女尤甚的空虚之感。《红楼梦》第二十三回里,林黛玉听到梨香院内传来《牡丹亭》中的念白"如花美眷,似水流年",听到"花落水流红,闲愁万种",不觉心痛神痴,眼中落泪,说的就是这种心思:求爱而不得,人生有何意呢?

望江南·梳洗罢

唐　温庭筠

梳洗罢,独倚望江楼。

过尽千帆皆不是,斜晖脉脉水悠悠。

肠断白蘋洲。

赏析

这是一首候人之作。在没有"共享实时位置"的年代,一如一首当年的校园民谣的歌名——《等人就像在喝酒》。等人是一种期待,也是一种落空。它是期待与落空的交叠,是一个人迫切需要被充实、被填满、被呼唤、被需求的感受。

一般认为它是一首"闺怨"小令,这种说法不能说错,但确实是把这首词的意境说小了。小令的要义与绝句相当,都要求余味不尽。这首词最大的特征就是余味不尽。而一旦说成"闺怨",余味就消失了。"梳洗罢",是一种等待的姿态,是换一个崭新、干净的自己,用以面对"等待"或"相逢"这一带有仪式感的行为。"独倚望江楼",是要把等人的场景设置得无比空灵——她不是在街上、月下等人,而是在江上。可惜,过尽千帆皆不是。"过尽千帆皆不是",这句最伤人,也最激发诗意。而后两句,凝愁含恨,清新淡远,其实是把等待的美感揭示了出来。温庭筠的词多是脂粉气,像这样一首"清水出芙蓉"的小令,很是难得。

直道相思了无益,未妨惆怅是清狂

李商隐 唐

《无题·来是空言去绝踪》《无题·重帏深下莫愁堂》

无题·来是空言去绝踪

唐　李商隐

来是空言去绝踪,月斜楼上五更钟。
梦为远别啼难唤,书被催成墨未浓。
蜡照半笼金翡翠,麝熏微度绣芙蓉。
刘郎已恨蓬山远,更隔蓬山一万重。

赏析

这首诗的意涵,其实颇为香艳。那位男子说去了还会再来,可始终没有来。这是多么令人伤心的事,而此刻已是凌晨,残月西斜,五更晓钟。每夜梦见远别,泪水已无法唤醒我;急急忙忙地提笔写信,字迹淡淡。烧了一半的蜡烛,照耀着那曾与你共衾的帷帐,兰麝之香依稀。这样半睡半醒之间,最宜怀人。

可是,人在哪里呢?东汉永平年间,刘晨与阮肇一起去天台山采药,遇两仙女,被邀至家中为婿,半年后回家,发现家中子孙已过代。后来,刘晨重返天台山寻访仙女,却再也找不到了。诗人在这首诗的结尾中说,刘郎(刘晨)已恨自己与仙境相隔遥远,而那位去了便杳无音信的男子,与蓬山仙境更隔着一万重。

无题·重帏深下莫愁堂

唐 李商隐

重帏深下莫愁堂,卧后清宵细细长。

神女生涯原是梦,小姑居处本无郎。

风波不信菱枝弱,月露谁教桂叶香。

直道相思了无益,未妨惆怅是清狂。

赏析

  李商隐的七律"无题"系列，堪称中国艺术史上的一绝。因为其"无题"，确实是无法取题，怎么概括都觉得不够妥帖、全面。因为他写的内容都很隐幽，叙事与情感相互交织，形成了一种密度极高的意识流表达，就仿佛谜一般。

  首联写的是女主人公睡下的环境，而颔联就进入了意识流的状态。巫山神女艳遇楚王，不过是一场梦；她还是像清溪小姑一样，独处无郎。颈联就更富象征意味了，人人都能读懂，却谁都说不出具体诗人想要意指的对象是什么。直到尾联，这位女子身后的诗人终于忍不住跳出来了，它相当富有个性地宣称：我早就知道相思导致的惆怅对事情的解决毫无益处，但它毫不妨碍惆怅本身就是一种清狂。确实，人在思念深处，刻骨铭心之时，自然会生发出一种清狂。很多人说李商隐的爱情诗里藏着其身世的起伏，爱情不过是一种寄托。其实，所谓身世起伏，不过是爱情的寄托罢了。没有爱，争那些功名利禄又有何意义呢？

且醉尊前休帳望

古来悲乐与今同

鱼玄机 唐

《和新及第悼亡诗二首》

和新及第悼亡诗二首

唐　鱼玄机

仙籍人间不久留，片时已过十经秋。
鸳鸯帐下香犹暖，鹦鹉笼中语未休。
朝露缀花如脸恨，晚风欹柳似眉愁。
彩云一去无消息，潘岳多情欲白头。
一枝月桂和烟秀，万树江桃带雨红。
且醉尊前休怅望，古来悲乐与今同。

赏析

  鱼玄机的诗,我印象最深刻的一句是初中时读的"忆君心似西江水,日夜奔流无歇时"。这句诗写相思,写得很正、很深、很切。那时候,我并不知道她与温庭筠的故事,更不知道这位女诗人在那个时代遭遇了怎样的经历。

  唐咸通九年春,鱼玄机约二十四岁。她是"长安倡家女也,色既倾国,思乃入神"。她从小就得温庭筠的赏识,后来在温的介绍下,入李亿家中为妾。其后李亿和她的情感故事,《全唐诗》里说得极为简单,就两个字——"爱衰"。而这两个字让鱼玄机留下了另两句千古名句"易求无价宝,难得有情郎"和"自能窥宋玉,何必恨王昌"。其后,二十二岁的鱼玄机"遂从冠帔于咸宜观",出家当了女道士。这首诗是她二十四岁那年,托温庭筠送李亿回府后在咸宜观中所作,同样寄赠给了温庭筠。诗题中的"悼亡",未必真有所指,悼念的很可能是逝去的爱情,或者那个尤在红尘的自己。爱情似乎还在,而其实它已经死去。鱼玄机只活到二十六岁,即被处死。我们不知道她所悼亡的爱情到底是与何人产生的,也不需要知道。这位带有标志性意义的女子,为女性留下了浓墨重彩的一笔。她去世两三百年后,宋代刻书家陈起收罗了近五十首她的诗,编为《唐女郎鱼玄机诗》。

  1916 年,袁克文动用他父亲袁世凯留给他的遗产的百分之一,约八百块银圆,买下了这册宋版书。依靠几位男子,唐女郎鱼玄机得以流传至今,幸耶?爱耶?大概也不必追问,这位至死是少年的女郎,看得比我们透彻:"且醉尊前休怅望,古来悲乐与今同"。

山遠天高煙水寒

相思楓葉丹

李煜 五代

《长相思·一重山》

长相思·一重山

五代 李煜

一重山,两重山。
山远天高烟水寒,相思枫叶丹。

菊花开,菊花残。
塞雁高飞人未还,一帘风月闲。

赏析

　　这首词特别像当代的流行歌词，或者换句话说，它所表达的意象与情感具有穿越时代的力量。从空间看，它是一组极富层次感的图画，由远及近："一重山，两重山，山远天高烟水寒"是远景；"枫叶""菊花"和西归的大雁是近景；"一帘风月"是近在眼前了。这位词人独坐屋中，望向远方，想念着"人未还"。

　　从时间看，毫无疑问这是秋天。那么，是什么样的秋天呢？是一个时光悠悠的秋天；是一个思念的秋天。思念总是会让时光变长。菊花的花期一般是四十天；而"菊花开，菊花残"，短短六个字，意味着一个多月过去了。时光是去了，可是未还的人还是在那么远的地方。有多远呢？这位词人数着山峰：一重山、两重山……这是一个等待的故事，而又有哪一段爱情不是等待的故事呢？

　　有人总是把这样的词说成"闺怨"词，把当事人说成是一位"思妇"。我很诧异，何以男子不相思？"男子作闺音"，替女人发言，本质上是一种男权思想在作祟。可这首词里，没有一个字能看出当事人的性别。为什么它不能是男子的相思？其实，李煜、柳永等人的词学意义就在这里，他们愿意放弃男子的身份，愿意承认自己充满温情地爱一个人、相思一个人、等待一个人。这是一种进步。

衣带渐宽终不悔 为伊消得人憔悴

柳永·宋

《蝶恋花·伫倚危楼风细细》

蝶恋花·伫倚危楼风细细

宋 柳永

伫倚危楼风细细，望极春愁，黯黯生天际。
草色烟光残照里，无言谁会凭阑意。

拟把疏狂图一醉，对酒当歌，强乐还无味。
衣带渐宽终不悔，为伊消得人憔悴。

赏析

这首词把"单恋"写得充满了具身化的美感。"伫倚危楼",说的是登高远望。古人登高而悲,本就是一种常态,这种悲一般是比较深沉高远的,如陈子昂的"念天地之悠悠"、辛弃疾的"把栏杆拍遍"。可到了柳永这里,登高所见,竟然是"春愁",是近在眼前的切己感受。虽然他说得很远,"黯黯生天际";说得很深沉,"无言谁会凭栏意",但本质上这就是对恋人的思念,是"草色烟光"、是"残照",与陈子昂、辛弃疾的豪放、壮阔并不可同日而语。

而柳永毕竟是柳永,他的婉约之中不尽是低吟。下阕开篇即是"拟把疏狂图一醉",这股子劲儿上头之后,迅速又撤了下来,"强乐还无味"。这种波澜动荡之感,显现出词人的胸襟与爱意。结尾两句,把前面强撑的高亢彻底拉了下来,再勇猛的汉子,也抵不住相思的"摧残"。这是一种坚毅、执着与决绝,是爱的崇高境界。王国维在《人间词话》中说"古今之成大事业、大学问者,必经过三种境界",其中"第二境"就是"衣带渐宽终不悔,为伊消得人憔悴",说到底就是要坚持、锲而不舍,使自己为一种志向而献出时间、身体与生命。谁说这不是一种豪放呢?

心似双丝网 中有千千结

张先

宋

《千秋岁·数声鶗鴂》

千秋岁·数声鶗鴂

宋 张先

数声鶗鴂,又报芳菲歇。
惜春更把残红折。
雨轻风色暴,梅子青时节。
永丰柳,无人尽日飞花雪。
莫把幺弦拨,怨极弦能说。

天不老,情难绝。
心似双丝网,中有千千结。
夜过也,东窗未白孤灯灭。

赏析

初中时，读琼瑶小说《心有千千结》，其中援引过这首词，但被认作是欧阳修的作品。我当时心有疑惑。在尚无互联网的时代，我尝试先写出词谱，再确定词牌，最后按图索骥查出作者是张先。这一小段经历，使我对此词印象极深。

前人论此词，多是说遭遇挫折的爱情，其实，作者写的就是尚未得到对方确证的爱情。自《离骚》"恐鹈鴂之先鸣兮，使夫百草为之不芳"开始，鹈鴂声就是一种悲切的象征，它在预报春天的结束。单思至此，无人能会，就如同"梅子青时节"的风雨，如同柳絮纷飞，无人尽日。这样没有结果的爱情，折磨人呐！

这样的时候，不能弹琴，又想弹琴，尤其幺弦——这是琵琶的第四弦，弦幺怨极，发出的是一种哀叹的强音。李贺《金铜仙人辞汉歌》里说"天若有情天亦老"，而张先说"天不老"，足见"天无情"。可就算"天无情"，我依然有情，而且是难绝之情。"心似双丝网，中有千千结"、无法打开，无法顺畅，郁结胸闷，无从开解。而这样的情绪竟延续了整整一晚，此刻，天就要亮了。沈伯时在《乐府指迷》中说"结句须要放开，含有余不尽之意，以景结尾最好；令人于之抚玩无极，追寻已远"。张先的这首词就是一个典型例证。

昨夜西风凋碧树

独上高楼

望尽天涯路

晏殊·宋

《蝶恋花·槛菊愁烟兰泣露》

蝶恋花·槛菊愁烟兰泣露

宋 晏殊

槛菊愁烟兰泣露,罗幕轻寒,燕子双飞去。
明月不谙离恨苦,斜光到晓穿朱户。

昨夜西风凋碧树,独上高楼,望尽天涯路。
欲寄彩笺兼尺素,山长水阔知何处?

赏析

　　这是一首怀人词。相思是爱情的表征，没有相思，就很难说有爱情。古代通信极慢，相思的空间极大。在那种岁月时光的拉长中，爱情变得倍加真实起来。这与今天的爱情，实在不太一样。如此词上阕写的景，就十分带有那种时光凝练的味道。写秋天的清晨，苗圃里种的菊花、兰花，笼罩在轻烟之中，仿佛哭泣一般。门帘轻寒，两只燕子双双飞去，只留下一个思念的人。这个人一个晚上都没睡，望着月光照耀着朱红色的大门。这月光完全不理解思念的苦啊。

　　"昨夜西风凋碧树，独上高楼，望尽天涯路。"这句话说的就是孤独。而这种孤独一点儿也不可怜，相反，它有一种难得的宏阔意境。高楼、天涯，显现出来的是一种无限寥廓，苍茫、惆怅，又厚重，甚至充满自信、自立的希望。既然登高远望不见来人，便"欲寄彩笺兼尺素"，可事实上，根本没有寄去的地址——"山长水阔知何处"！思念谁，他或她在哪里？不知道。正是这种不知道，带有一去不复返的决绝，使整首诗带有一种特殊的张力，既情致深婉又寥廓高远。王国维在《人间词话》中说"古今之成大事业、大学问者，必经过三种境界"，其中"第一境"就是"昨夜西风凋碧树，独上高楼，望尽天涯路"，说的是要成就大事业、大学问，先要学会忍受孤独，要能从孤独中看到力量与希望。

人生自是有情痴,此恨不关风与月

欧阳修·宋

《玉楼春·尊前拟把归期说》
《蝶恋花·庭院深深深几许》

玉楼春·尊前拟把归期说

宋 欧阳修

尊前拟把归期说,欲语春容先惨咽。

人生自是有情痴,此恨不关风与月。

离歌且莫翻新阕,一曲能教肠寸结。

直须看尽洛城花,始共春风容易别。

赏析

　　此词把"离别"写得很有张力：它的一方面是伤感委婉，另一方面则是豪情万丈；一方面是人生不得不分别的苦楚，以及这种情痴的天然性；另一方面则是人间欣赏不尽的美好，以及这种美好对苦楚的冲淡。

　　两人把酒送别先流泪，这种起笔与常见的送别诗先从自然环境（风与月）写起大不相同。词人明确表态："人生自是有情痴，此恨不关风与月。"爱情就是爱情，不因春天而喜，也不因秋天而悲。它是人之所以为人的核心。

　　这种核心凝结为艺术，如音乐，就是情感的表达。老歌尤其能动人。故此，词人劝到"且莫翻新阕"，就让旧时旋律，牢牢绑定自己的情绪。而这样的情绪，要在对人间生活美好事物的追求中，得到释放与解脱。全词到结尾处，开始骤然高扬："直须看尽洛城花，始共春风容易别"——只有咱俩一并看尽了洛阳的牡丹花，送你离开才不那么痛苦。全词两个"春"字，暗示着送别之人是一位美丽的女子。而这首词为这位女子开拓出一种不同于一般"惨咽"的豪情。

蝶恋花·庭院深深深几许

宋 欧阳修

庭院深深深几许,杨柳堆烟,帘幕无重数。
玉勒雕鞍游冶处,楼高不见章台路。

雨横风狂三月暮,门掩黄昏,无计留春住。
泪眼问花花不语,乱红飞过秋千去。

赏析

此词写"闺怨",含蓄婉曲,耐人寻味。开篇三个"深"字,就显出词人高超的文字水平。三个"深",说明"闺怨"之重。这位女子被隐藏在无数帘幕之后,她的天性、活力与爱情,都被重重庭院、杨柳所掩盖。故此,怨深,以至情深。

这是大户人家的女子,正在眺望自己的丈夫"玉勒雕鞍游冶处",那里是她看不见的"章台路"。章台路,本是汉代长安的一条繁华街道,后被用来指代风月场所。女子在闺中,而丈夫在游乐,自己的年华空付流年,两相对比,故怨深。上阕基本可以认为是在写事,而下阕开始营造氛围。春天就要过去了,雨横风狂催人老,无计留春住。全词到此进入最后的高潮,这是一个无法言说的伤痛——"泪眼问花花不语,乱红飞过秋千去"。女子伤春,伤的是自己的年华。而这种年华消逝,看上去是因为时光无法挽回,而实质是女子被社会的规制所束缚。这重束缚,在当时的词人或女性眼中,也如"无计留春住"一般,是天然的、规定的、不能问的、无法答的。正是这种无奈感,造成了全词的悲剧。

当时明月在
曾照彩云归

晏几道 宋

《临江仙·梦后楼台高锁》

临江仙·梦后楼台高锁

宋 晏几道

梦后楼台高锁,酒醒帘幕低垂。
去年春恨却来时。
落花人独立,微雨燕双飞。

记得小蘋初见,两重心字罗衣。
琵琶弦上说相思。
当时明月在、曾照彩云归。

赏析

  这首词写的是对小蘋的思念。晏几道特别擅长写这种别后相思的题材，基本套路是先回忆往昔的欢乐生活，再感慨当下的孤独。这种词要写得沉着不"飘"，是有难度的，需要词人有深沉的爱意。此首《临江仙》可谓极为老道之作。

  午夜梦回酒醒，看到四周夜色沉沉，楼台深锁，帘幕低垂。去年春天的往事如潮水般涌来，而词人只写一个画面——"落花人独立，微雨燕双飞"。这是一千古名句，意境极为优美，有动有静，有人有鸟，有花有雨。这一帧绝美难得的画面，转瞬即逝，只停留在词人的记忆里。词人又再往前回忆，那是第一次与小蘋相见，"两重心字罗衣，琵琶弦上说相思"。她穿着绣有两个"心"字交叠图案的罗衣，弹着琵琶唱相思曲——还是只有一帧画面。够了，有两画面就够了。

  与这两帧画面相比，所有的描述都是多余的，因为时光再也不会回来了。天地万物、自然山水、日月星辰都不会变，唯独人世会变。那么，就让词人在这里戛然而止吧。他抬头望向天空，匆忙做结："当时明月在，曾照彩云归。"杨万里《诗话》中自问自答，近世词人，有好色而不淫乎？答案就是"惟晏叔原云：'落花人独立，微雨燕双飞'，可谓好色而不淫矣。"这是正解。

日日思君不见君

共饮长江水

李之仪 宋

《卜算子·我住长江头》

卜算子·我住长江头

宋 李之仪

我住长江头,君住长江尾。
日日思君不见君,共饮长江水。

此水几时休,此恨何时已。
只愿君心似我心,定不负相思意。

赏析

　　这首词很有民歌风味，既晓白如话，又复叠回环，体现出李之仪的聪明与机巧。"我"和"君"是全词的两个主人翁，他们一个住长江头，一个住长江尾，空间上相隔极远，但物质上两人有明确的来往，就是"共饮长江水"。在这上阕中，"长江"一词出现三次，意思不太一样，重叠复沓，颇有一波三折的咏叹情味。

　　下阕开篇就是一个巨大的问号："此水几时休，此恨何时已？"显然，这个问句是没有答案的。相思就如同江水，不止不休，一直奔流。词人至此，宕开一笔，不再试图回答这一问题，而是直白地表露："只愿君心似我心，定不负相思意。"在这里，我心是"日夜奔流无歇时"的思念，而你的心也一样。如是，则长江两头得以交汇。古往今来，写长江的诗不少，而借长江写爱情诗的例子却不多。它使万里长江染上了婉约的色彩，颇得灵秀隽永、玲珑晶莹的风貌。

两情若是久长时,又岂在朝朝暮暮

秦观 宋

《鹊桥仙·纤云弄巧》
《江城子·西城杨柳弄春柔》

鹊桥仙·纤云弄巧

宋 秦观

纤云弄巧,飞星传恨,银汉迢迢暗度。

金风玉露一相逢,便胜却人间无数。

柔情似水,佳期如梦,忍顾鹊桥归路。

两情若是久长时,又岂在朝朝暮暮。

赏析

借牛郎织女写爱情，已经是古代情诗的一个重要题材了。前引的《古诗十九首·迢迢牵牛星》、曹丕的《燕歌行》都是例子，此外，李商隐、欧阳修、张先、柳永、苏轼等人也有类似诗词传世。而这些例子所写，无一不是悲歌。一年一度相逢，苦多乐少，格调哀婉。相比之下，秦观的这首词就别开生面，使爱情焕发生机。

这一生机就是爱情本身的甜蜜，是"金风玉露一相逢，便胜却人间无数"。而为了这一"相逢"，再多的苦和等待，也是值得的。因此，全词以两句名言做结语——"两情若是久长时，又岂在朝朝暮暮"。这句词给了多少异地恋以希望。确实，爱情是要经受考验的，这种考验既可以是空间上的，也可以是时间上的。经受了考验的爱情，才能与那种短暂而热烈的"喜欢"分离开来，才真正吸引人。

江城子·西城杨柳弄春柔

宋　秦观

西城杨柳弄春柔,动离忧,泪难收。

犹记多情曾为、系归舟。

碧野朱桥当日事,人不见,水空流。

韶华不为少年留,恨悠悠,几时休?

飞絮落花时候、一登楼。

便作春江都是泪,流不尽,许多愁。

赏析

　　此词写别离。古人一别，山长水阔，难通尺牍，往往数月、数年无有音讯。因而，"生离死别"最是动人。何况是在万物生发的春天，要送爱人走，是多么哀伤之事，"泪难收"。

　　还记得那天，是个多情的日子，就在这里，在"碧野朱桥"边，你刚刚回来，才下船，我为你"系归舟"。而如今，你又从这里启程，再也看不见你了，只有水在空自流转。你要走多久啊？你可知道，"韶华不为少年留"。这最好的时光，我们都是独自守候。你看漫天飞絮落花，我独自一个人登楼。古人登楼必有其悲。我这一登楼，便看春江都是泪。而即便这整条江全是泪，都流不尽我的愁。

　　说到底，别离之所以苦，是因为"韶华不为少年留"，是美好的时光空付，是人老了不能再年轻。恰如后人诗中所言，"走得最急的都是最美的时光"。

和羞走

倚门回首

却把青梅嗅

李清照 宋

《点绛唇·蹴罢秋千》

点绛唇·蹴罢秋千

宋　李清照

蹴罢秋千，起来慵整纤纤手。

露浓花瘦，薄汗轻衣透。

见客入来，袜刬金钗溜。

和羞走，倚门回首，却把青梅嗅。

赏析

女性在中国古代文学史上留下的诗篇太少，每一首都显得弥足珍贵。相比"男子作闺音"的做作，女词人的清新、率真才是真正的女性立场、女性视角。这首词写了一个少女的生活片段，几乎没有情感的表露，却把其萌动的性别意识彰显得淋漓尽致。荡完秋千，精神慵懒又活泼，"薄汗轻衣透"中有一种少女的生命与身体之美。这种美，不是男子眼中的"美"，而是女子自觉的"美"。

忽然，家里来了个陌生人，她被吓了一跳，羞得急忙回避，甚至来不及穿鞋子，只穿了袜子就"袜刬"而跑，还把头上的金钗溜掉到了地上。可是，她真走了吗？没有。她只是走了两步，就"倚门回首"，装着"却把青梅嗅"的样子，要回过头来看看来的陌生人是谁。这个人是谁，不重要。重要的是那种天真、矜持又情感丰富的少女之心，让人似乎可以放飞想象，来的可是一位翩翩少年？

过往，我一度很喜欢晚唐诗人韦庄的《思帝乡》，其借女子之口，曰："春日游。杏花吹满头。陌上谁家年少，足风流？妾拟将身嫁与，一生休。纵被无情弃，不能羞。"其实，比照李清照与鱼玄机，就会发现韦庄的"男子作闺音"是何等做作。爱情不是要比谁狠，比谁决绝，而是要比谁真挚，比谁能换位思考，摆脱掉自身性别的局限，进入对方的立场中，实现共情意义上的"雌雄同体"。

恨君不似江楼月 只有相随无别离

吕本中·宋

《采桑子·恨君不似江楼月》

采桑子·恨君不似江楼月

宋　吕本中

恨君不似江楼月，南北东西，南北东西。只有相随无别离。

恨君却似江楼月，暂满还亏，暂满还亏。待得团圆是几时？

赏析

吕本中的这首词,极尽机巧之能事,以月为喻,写女子对爱人的思念。月亮有两个特征:一是日日相随,天天相见;二是暂满还亏,有圆有缺。钱钟书在《管锥编》里讲过"喻之二柄",就是说的这个意思,同样一个喻体,所指可以不同。第一个特征是褒义,恨君与这江楼月不同,做不到天天在一起;第二个特征是贬义,恨君与这江楼月一样,总是才相逢就别离。诗人用这样巧妙的比喻,显示出高超的文字功力,也使整首词有了一种民歌的味道:直白又深切。

这种聚少离多的爱情,有点像黄庭坚说的"甜糖抹在鼻子上,只教他舐不着"。而正是因为"舐不着",所以愈加觉得爱的珍贵。其实,这种爱情的迫切不难理解。真正难的爱情是日复一日,天天在一起,却仍然如初恋一般,守住相爱瞬间的"惊诧",让这"惊诧"有岁月的温度。"江楼月"是一个象征,它暗示着爱情需要有上述两种喻义的结合,既经得住别离的考验,又经得起天天在一起的平淡。

山盟虽在

锦书难托

陆游 & 唐琬 宋

《钗头凤·红酥手》（陆游）《钗头凤·世情薄》（唐琬）

钗头凤·红酥手

宋　陆游

红酥手，黄縢酒，满城春色宫墙柳。

东风恶，欢情薄。

一怀愁绪，几年离索。

错、错、错。

春如旧，人空瘦，泪痕红鲛绡透。

桃花落，闲池阁。

山盟虽在，锦书难托。

莫、莫、莫！

钗头凤·世情薄

宋 唐琬

世情薄，人情恶，雨送黄昏花易落。
晓风干，泪痕残。
欲笺心事，独语斜阑。
难，难，难！

人成各，今非昨，病魂常似秋千索。
角声寒，夜阑珊。
怕人寻问，咽泪装欢。
瞒，瞒，瞒！

赏析

这两首词,不用解释,只说故事。六岁的唐琬与九岁的陆游定下了娃娃亲,十年后,两人完婚,夫妻恩爱有加。可是,这种恩爱遭到了陆母的强烈不满。迫于母命,陆游无奈休了唐琬,另娶王氏;唐琬也另嫁赵士程。七年过去了,再次科考落榜的陆游郁闷地去沈园踏青,遇到了唐琬一家。征得丈夫赵士程同意后,唐琬邀请陆游对饮,以示抚慰之情。此刻,见到瘦了的唐琬,陆游何等悲痛。

回忆当年的"红酥手，黄縢酒，满城春色宫墙柳"，回忆当时错误的决定，错！错！错！如今，"春如旧，人空瘦，泪痕红浥鲛绡透"，山盟虽在，锦书难托。据说，唐琬再度游沈园时，看到陆游题写的这首词，泪流不止，另和一首，不久就香消玉殒了。第二首《钗头凤》不知是不是后人假托唐琬的伪作，但写得依旧很美。特别是"怕人寻问，咽泪装欢"一句，极有代入感。再后来，七十五岁的陆游再度重返沈园，还写有《沈园》绝句："城上斜阳画角哀，沈园非复旧池台。伤心桥下春波绿，曾是惊鸿照影来。"沈园，在今天的浙江省绍兴市。

余未绿
莫先丝
人间别久不成悲

姜夔 〔宋〕

《鹧鸪天·元夕有所梦》

鹧鸪天·元夕有所梦

宋 姜夔

肥水东流无尽期,当初不合种相思。
梦中未比丹青见,暗里忽惊山鸟啼。

春未绿,鬓先丝,人间别久不成悲。
谁教岁岁红莲夜,两处沉吟各自知。

赏析

  据说，这首词是词人为怀念远在合肥的旧日恋人而作。写词时，姜夔已四十二岁，与旧日恋人初遇已相隔近二十年，其间两人只见过几面。而就这么几面，令词人念念不忘。在这一年的元宵，他又梦见了她。这种思念，就像是肥水东流，没有尽头。开篇明点"肥水"，既点明了地点，又说明了思念的深远，时光的流逝。

  接着，词人开始感慨，当初就不该种下这段情缘。看似在悔恨，其实是想说这段情缘带来的思念之真与折磨之苦。苦到什么地步呢？梦里的她，模模糊糊，扑朔迷离，远不如丹青图画来得清晰。可能词人藏有旧日恋人的画像，平日相思时会打开来展玩。忽然一阵鸟鸣，打破了梦境，这点朦胧也消失了。

  下阕写词人醒来后的惆怅。这是元宵节，"春未绿"，人已过不惑，"鬓先丝"。接下来"人间别久不成悲"一句，是人生经验的深刻总结。爱情到了至深处，别久而转成深沉的记忆，早已不是初恋男女的那种哭哭啼啼，悲悲切切。它是力透纸背的思念，是深切的、与生命相关联的那种切己感受，是久经磨难的中年人特有的悲。一如词人几乎同时期写的另一首同调作品中"少年情事老来悲"。

  元宵佳节，是古代男女青年定情的好日子。欧阳修的《生查子·元夕》、辛弃疾的《青玉案·元夕》、柳永的《迎新春·嶰管变青律》写的都是这些题材。姜夔把它叫做"红莲夜"，原因不详，但也不用详。那是属于他们两人的秘密。每年的这个时刻，你我二人都知道彼此在思念对方，这就够了。与词人的深沉相比，那些属于年轻人的卿卿我我、莺莺燕燕，确实肤浅了些。

问世间 情为何物

直教生死相许

元好问 金

《摸鱼儿·雁丘词》

摸鱼儿·雁丘词

金　元好问

问世间,情为何物,直教生死相许?

天南地北双飞客,老翅几回寒暑。

欢乐趣,离别苦,就中更有痴儿女。

君应有语:渺万里层云,千山暮雪,只影向谁去?

横汾路,寂寞当年箫鼓,荒烟依旧平楚。

招魂楚些何嗟及,山鬼暗啼风雨。

天也妒,未信与,莺儿燕子俱黄土。

千秋万古,为留待骚人,狂歌痛饮,来访雁丘处。

赏析

这首词的开篇,是一个破空而来的巨大问题。这个问题,在金庸笔下的李莫愁口中,近乎一个句首发语词。这一问题太巨大,以至于天下人都困于其中,无法回答。汤显祖后来在《牡丹亭·题词》中说,"情之所至,生可以死,死可以复生,生不可以死,死不可以生者,皆非情之至也",就是秉这一问题而来。

元好问用两只大雁的一生来为这一天问作答。"双飞客",历经起伏,有苦有乐,关键是"痴儿女"彼此相伴。曹雪芹撰联:"厚地高天堪叹古今情不尽,痴男怨女可怜风月债难酬",其核心在"痴",矢志不渝。因此,当一只大雁被猎人射中,另一只"渺万里层云,千山暮雪,只影向谁去",活着有何意?君看横汾路上的喧嚣,转眼就成陈迹。人生苦短,人世沧桑,要紧的不是喧嚣或功名利禄,而是有情人的"情"。有了情,"天也妒";有了情,则有"千秋万古";有了情,让后来人得以"狂歌痛饮";有了情,才有这"雁丘处"。

尔侬我侬，忒煞情多

管道升 _元_

《我侬词》

我侬词

元　管道升

尔侬我侬，忒煞情多，情多处，热似火。

把一块泥，捻一个尔，塑一个我，将咱两个，一齐打破，用水调和。

再捻一个尔，再塑一个我。

我泥中有尔，尔泥中有我。

我与尔生同一个衾，死同一个椁！

赏析

据说，五十岁的赵孟頫想纳妾，就作了首小词给妻子示意，而其妻管道升则作《我侬词》以答。这首小词民歌风味极浓，不是所谓忠贞的道德说教，而是用了一个令人啧啧称奇的比喻，说爱情应该彻底使两个人融为一体。

这种融为一体，不是一般意义上的"雌雄同体"，而是彼此的重新再生。这首词在象征意义上的重要性，不是一般人理解的"我中有你，你中有我"，而是两个人在这一过程中又再次得到了独立。也就是说，爱情是要"再捻一个尔，再塑一个我"，最终实现的是既彼此关联，又彼此独立。在管氏的视野中，爱情就只有两个人，容不得第三者。尤其末句"与尔生同一个衾，死同一个椁"，直白地显现出爱情的排他性，委婉地表达出她反对赵孟頫纳妾的态度。赵孟頫读了此词，大受感动，深感内疚。而如今的我们再来读此词，看到的必然是真爱。

曉看天色暮看雲 行也思君 坐也思君

唐寅

明

《一剪梅·雨打梨花深闭门》 《一剪梅·红满苔阶绿满枝》

一剪梅·雨打梨花深闭门

明　唐寅

雨打梨花深闭门，忘了青春，误了青春。

赏心乐事共谁论？

花下销魂，月下销魂。

愁聚眉峰尽日颦，千点啼痕，万点啼痕。

晓看天色暮看云，行也思君，坐也思君。

赏析

"闺怨"是古代爱情诗的常见题材，以女子口吻，写离别相思，极为常见。但这首词别出心裁，把一种无聊与愁苦写得曲折婉转。上阕写时光的无聊，没有爱情的青春是虚度、是辜负、是人生空渡。与这种空渡形成对比的，是与爱人在一起的"赏心乐事"——"花下销魂，月下销魂"。而如今，独自一人，"晓看天色暮看云"，结局是无尽的折磨，是泪痕难拭、是坐卧不安、是回环往复的文字勾勒出的一种"为爱痴狂"。显然，在才子唐寅看来，没有爱的人生便只剩无聊。

唐寅，即唐伯虎。这位江南才子，名气极高，十六岁秀才考试第一名，二十九岁南京乡试又高中解元，甚至自己刻了一枚"南京解元"的印章，得意扬扬。没想到，第二年进京会试，稀里糊涂被卷入科场舞弊案，锒铛入狱后，再也不能参加科举。这位才子一生以卖画为生，却仍不负"才子"之名，足见其气象。

一剪梅·红满苔阶绿满枝

明 唐寅

红满苔阶绿满枝。

杜宇声声,杜宇声悲。

交欢未久又分离。

彩凤孤飞,彩凤孤栖。

别后相思是几时。

后会难知,后会难期。

此情何以表相思。

一首情词,一首情诗。

赏析

相传，唐伯虎出生于明宪宗成化六年庚寅年寅月寅日寅时，故称"唐寅"。他才华横溢，又玩世不恭，与祝允明、文徵明、徐祯卿并称"江南四大才子"。在他传世的两首《一剪梅》中，"才华"与"玩世"表现得都很直接。这首词写的也是"闺怨"，文字同样灵动，但比之"雨打梨花深闭门"更为生动、凄楚。

这位女子与爱人"交欢未久又分离"，而这一分离"后会难知"。"何以表相思"，唯有"一首情词，一首情诗"。它把循环往复，前后交叉；一唱三叹，反复吟诵；明知故问，自问自答的独特笔法，用得淋漓尽致、撼人心魄。时光婉转，千古不变的是爱情的短暂、无常；是情诗与情词的永恒、难忘。

長眠何所秋園小蟲輕家各自寒

朱彝尊 清 《桂殿秋·思往事》

桂殿秋·思往事

清 朱彝尊

思往事,渡江干,青蛾低映越山看。

共眠一舸听秋雨,小簟轻衾各自寒。

赏析

朱彝尊是清代词坛圣手,他的爱情颇有震烁千古的力量。这位贫寒的少年,入赘冯家,竟爱上了妻妹冯寿常。两人相爱却不得在一起,以不伦之恋而名世。冯寿常不寿,三十三岁就去世了。朱彝尊著有《风怀二百韵》整整二百韵的长篇诗作和《静志居琴趣》整整一卷词,来写这位女子,写他们之间的爱情。这种事过去从未有过,今后也不太可能有。爱就爱了,写就写了,绝不删去。

这种爱情就是一个真正的文人的爱情。而这曲小令,则是这份爱情的见证。朱彝尊在这首词中回忆了一段往事。那是一次与恋人一起渡江,她的眉眼与远山一并倒影在水面上,秋雨滴答,伴随着舟摇入眠。两人是相爱的,也是规矩的;小簟轻衾,分别睡下,心中无限相思;近在咫尺,又远在天涯。这种爱早已超越了肌肤之亲,进入了志同道合的境地。古人填艳词,多半是写给歌伎,相比之下,朱彝尊为这场略显"不伦"(清代男子连娶姐妹二人,极为寻常)但极其认真的恋爱写下的点点滴滴,尽管在当时颇受非议,可至今看去,令人唯余向往。

被酒莫惊春睡重 赌书消得泼茶香 当时只道是寻常

纳兰性德〔清〕

《木兰花·拟古决绝词柬友》《浣溪沙·谁念西风独自凉》《采桑子·而今才道当时错》

木兰花·拟古决绝词柬友

清 纳兰性德

人生若只如初见,何事秋风悲画扇。
等闲变却故人心,却道故人心易变。

骊山语罢清宵半,泪雨霖铃终不怨。
何如薄幸锦衣郎,比翼连枝当日愿。

赏析

　　这首词题目中明确说了是"柬友"，但总是被人当成爱情诗来解读。其实，说它是爱情诗，完全没有任何问题。它写的就是一位女子对男子薄情的控诉。

　　"人生若只如初见"，开篇就是一名句。爱过的两个人，他们的各自人生绝不可能只如初见。因为若只如初见，就不可能发生后面的故事。可那后面的故事，明明是个悲剧，爱情消散了，男子变心了。于是，初见就显得是那么平淡、自然、美好。"秋风悲画扇"，是说到了秋天，扇子就没用了，就被抛弃了。你说人心总是会变的，明明是你变心了，却要推脱说这是人之常情。"骊山语罢清宵半，泪雨霖铃终不怨"，这里用了白居易《长恨歌》与柳永《雨霖铃》的典故，说的是诀别时的最后一丝牵挂。最后，这位女子鄙夷到，你还不如唐明皇，虽然赐死了杨玉环，可他们还曾许过"在天愿作比翼鸟，在地愿为连理枝"的誓言呢。

浣溪沙·谁念西风独自凉

清　纳兰性德

谁念西风独自凉,萧萧黄叶闭疏窗,沉思往事立残阳。

被酒莫惊春睡重,赌书消得泼茶香,当时只道是寻常。

赏析

  这首词是纳兰性德为悼念亡妻卢氏而作。两人情笃,婚后三年,卢氏死于难产。纳兰性德的《饮水词》里,为卢氏所写的诗词多达四十余首,足见此人用情之深。这首词写的内容,极为平常,就如结句所言,"当初只道是寻常"。

  上阕写西风、黄叶、疏窗、斜阳,是一个思念故人的男子,在深秋的傍晚时分,独自回忆往事。是什么往事呢?是春天里,喝多了酒,沉沉睡去,而妻子不忍吵醒;是夫妻两人相互"赌书",即猜测某项内容在哪本书的第几页,猜对者才能喝茶。这是李清照和赵明诚夫妻俩的生活典故,用在此处表示雅致的日常生活。这样的生活,"当时只道是寻常"——而今再看,寻常已不可得,便是不再寻常。于是,那寻常间便有了深切的悲剧力量。李商隐《锦瑟》一诗的最后一句"此情可待成追忆,只是当时已惘然",跟纳兰性德的这句极为相似,都是在日常的片段间,注入深刻的悲剧感,那种无奈消散的愁苦,最为深切动人。

采桑子·而今才道当时错

清 纳兰性德

而今才道当时错,心绪凄迷。

红泪偷垂,满眼春风百事非。

情知此后来无计,强说欢期。

一别如斯,落尽梨花月又西。

赏析

　　纳兰性德被看作《红楼梦》的原型，当时人称"国初第一词手"。本书选词，同一位作者不超过两首，唯独纳兰，选了三首。他的一生，曲折动人，为了三位女子，用情至深，最终于三十出头的年纪，撒手人寰，如烟火，似流星。

　　他写爱情的词，不是欢乐，也不是悲伤，而是二者相融的独特感受。这首词就特别典型。"而今才道当时错，心绪凄迷"，写得朦朦胧胧。错在哪？是不该认识你，还是早该留住你？读者不得而知，也没必要知。读者只需要看到那位低垂泪水的女子，"满眼春风百事非"，一切都过去了。春风是温暖的，搭配着"百事非"，真是尤其让人痛楚难当——"情知此后来无计，强说欢期"。

　　明明知道再也不会有见面的机会了，但还是要勉强自己，编织谎言，约定见面的时间。这种"咽泪装欢"，是在宽慰对方，也是爱情最后的模样。因为再也没有见过了，"一别如斯，落尽梨花月又西"。情语写到尽处，以景语作结，尤显未尽之意。这是古人写诗填词的套路，可这套路到了纳兰这里，却无比自然，一如"欲说还休，欲说还休，却道天凉好个秋"。有人说这首词是纳兰早年写给表妹舒穆禄的，也有人说是他后来写给在江南遇见的姑娘沈宛的，都说得通。因为深刻的爱情总是一样的，悲剧方显情深，去后才知珍贵，它提示我们珍惜眼前人。

滴不盡相思血淚拋紅豆 開不完春柳春花滿畫樓

曹雪芹 清 《枉凝眉》《红豆曲》

枉凝眉

清　曹雪芹

一个是阆苑仙葩，一个是美玉无瑕。
若说没奇缘，今生偏又遇着他；
若说有奇缘，如何心事终虚化？
一个枉自嗟呀，一个空劳牵挂。
一个是水中月，一个是镜中花。
想眼中能有多少泪珠儿，
怎禁得秋流到冬尽，春流到夏！

赏析

这首曲子出自《红楼梦》第五回《贾宝玉神游太虚境 饮仙醪曲演红楼梦》。这一回是全书的总纲,通过贾宝玉梦游太虚幻境,利用画册、判词及歌曲的形式,隐喻含蓄地将《红楼梦》众多人物的发展和结局交代出来。而这首《枉凝眉》,就是《红楼梦》的男女主角贾宝玉和林黛玉的爱情理想终将破灭的象征。

曲子以先扬后抑的手法,写林黛玉(阆苑仙葩)和贾宝玉(美玉无瑕)的爱情结局是林黛玉"泪尽夭亡"。林黛玉本是灵河岸上三生石畔的绛珠仙草,而贾宝玉则是赤霞宫的神瑛侍者。他们前世有缘,神瑛侍者精心浇灌绛珠仙草,今生重逢,绛珠仙草要以一生的眼泪将前世的浇灌之恩悉心交还。因此,这段爱情如水中月、镜中花,枉自嗟呀、空劳牵挂。有情人不能成眷属,引人伤感哀怨。值得一提的是,还有一种说法认为这首曲子的口吻来自贾宝玉,其中"美玉无瑕"指的是薛宝钗。宝玉在黛玉与宝钗之间徘徊,最终还是对不起黛玉,导致她还泪而亡。此说亦有理。不过,无论何种解读,它本质上表现的都是相爱之人不能相守的痛。

红豆曲

清　曹雪芹

滴不尽相思血泪抛红豆，开不完春柳春花满画楼。

睡不稳纱窗风雨黄昏后，忘不了新愁与旧愁。

咽不下玉粒金莼噎满喉，照不见菱花镜里形容瘦。

展不开的眉头，捱不明的更漏。

呀！恰便似遮不住的青山隐隐，流不断的绿水悠悠。

赏析

　　这首曲子出自《红楼梦》第二十八回《蒋玉菡情赠茜香罗　薛宝钗羞笼红麝串》。这回中，贾宝玉与冯紫英、蒋玉菡、薛蟠、云儿等几人行酒令，宝玉做令官，酒面上唱的就是这一首曲子，而酒底则是席上的一片梨，曰"雨打梨花深闭门"。

　　"雨打梨花深闭门"出自唐寅的《一剪梅》词，贾宝玉的这首《红豆曲》与其有异曲同工之意。"红豆"又名相思豆，此曲就是写相思。这相思如泪水一般，如画楼外开完又落，落了又开的春柳春花一般，日复一日，年复一年，无穷无尽，睡不稳，咽不下，愁叠愁，镜中瘦，更漏点点滴滴到天明，一夜无眠的苦；说也说不出，唱也唱不尽，就像是青山隐隐、绿水悠悠。读此曲，便仿佛能看见宝玉在酒席上边击边唱的景象，他唱的是悲愁、无奈，是相思、相守——这看似宝玉的常态，其实是青春的常态，甚至可以说是人活着的根本姿态。所以，它相隔数百年，至今读来依然新鲜，满口生香、满目含泪、满心欢喜，满满皆是爱意。

最是人間留不住　朱顏辭鏡花辭樹

王国维

清

《蝶恋花·阅尽天涯离别苦》

蝶恋花·阅尽天涯离别苦

清　王国维

阅尽天涯离别苦;不道归来,零落花如许。
花底相看无一语,绿窗春与天俱莫。

待把相思灯下诉,一缕新欢;旧恨千千缕。
最是人间留不住,朱颜辞镜花辞树。

赏析

　　这首词写的是相爱之人久别后的重逢。这一久，不是一般意义上的三两天，而是十分漫长的时光与等待，最终等到的结果，是"你老了"三个字。

　　词人阅尽天涯，知道离别是苦，可没想到的是，重逢亦苦。离别的苦在思念，而重逢的苦在物是人非，是"零落花如许"。两人相顾无言，只觉窗外春也到了尽头，日也偏西而下。等待掌灯时分，两人开始相谈，见面的喜悦不过"一缕新欢"，而离别的恨事却是"千千缕"。这一对比，重逢确实没有多少喜悦可言。

　　到此，词人感慨出了一个普遍的人生经验：人老了不能再年轻。人间留不住的是青春，是满树枝丫的郁郁葱葱与繁花似锦。再高的颜值总要从镜子中消失，"世间无物能与时间之镰刀抗辩"（莎士比亚语），因而即便是爱情也注定是悲剧。这一悲剧不是爱情本身不值得，而是人生在浩瀚的宇宙间显得太渺小。

微风吹动了我的头发
教我如何不想她

赏析

这首诗是刘半农1920年在伦敦大学留学时所作的,其风格极为独特,让人读后难以忘怀。它带有民歌风,又是早期的现代白话诗,洋派与传统的结合,配上著名的语言学家赵元任1926年谱成的曲,在当时广为传唱。尤其值得一提的是,刘半农在这首诗中首创了"她"字的使用,延续至今,广受赞誉。

早在1918年初,刘半农就呼吁对中国丰富的民歌资源进行搜集和整理,而民歌的直白与整饬,以及歌词重章复句、一唱三叹的结构,在这首诗里都表现得非常明显。而正是这种明显,让全诗有了超越一般呢喃私语的情诗之感,反而以一种大大方方的恋人姿态,将思念倾诉得曲折有致。据说,这首诗开始取名为《情歌》,后来才改为《教我如何不想她》——若论民歌的直白,"情歌"堪称典型。

我见那一低头的温柔

像一朵水莲花不胜凉风的娇羞

徐志摩 现代

《偶然》《沙扬娜拉》《我有一个恋爱》《我等候你》

偶然

现代 徐志摩

我是天空里的一片云,

偶尔投影在你的波心——

你不必讶异,

更无须欢喜——

在转瞬间消灭了踪影。

你我相逢在黑夜的海上,

你有你的,我有我的,方向;

你记得也好,

最好你忘掉

在这交会时互放的光亮!

赏析

  这首诗很短,却很能击中人心。诗人将现实的人生比作"黑夜的海上",可见,它写于郁闷困苦之际。而正是因为郁闷无所出,忽然一场偶然发生的交会,便仿佛雪中送炭,让人讶异又欢喜。不过,这种欢喜是偶然的,也是短暂的,就像云朵和水面的交会。对此,诗人尽力表现出节制且洒脱的姿态——相逢时,"你不必讶异,更无须欢喜";分别时,"转瞬间消灭了踪影";别离后,"你记得也好,最好你忘掉"。可是,这种姿态的背后,又暗含着力压纸背的哀伤。看似平淡如水,处处透露着诗人的无奈,欲说还休。这种无奈是短暂而璀璨的爱情与漫长而无聊的人生相互比较时的无奈,更是短暂而璀璨的人生与漫长而无聊的宇宙相互比较时的无奈: 前者是"交会时互放的光亮",是人活下去的理由。

沙扬娜拉
——赠日本女郎

现代　徐志摩

最是那一低头的温柔,
像一朵水莲花不胜凉风的娇羞,
道一声珍重,道一声珍重,
那一声珍重里有蜜甜的忧愁——
沙扬娜拉!

喔，我迫切的想望
你的来临，想望
那一朵神奇的优昙
开上时间的顶尖！
你为什么不来，忍心的！
你明知道，我知道你知道，
你这不来于我是致命的一击，
打死我生命中午放的阳春，
教坚实如矿里的铁的黑暗，
压迫我的思想与呼吸；

打死可怜的希冀的嫩芽，
把我，囚犯似的，交付给
妒与愁苦，生的羞惭
与绝望的惨酷。
这也许是痴。竟许是痴。
我信我确然是痴；
但我不能转拨一支已然定向的舵，
万方的风息都不容许我犹豫——
我不能回头，运命驱策着我！

我等候你 · 徐志摩

我也知道这多半是走向

毁灭的路,但

为了你,为了你,

我什么都甘愿;

这不仅我的热情,

我的仅有理性亦如此说。

痴!想磔碎一个生命的纤维

为要感动一个女人的心!

想博得的,能博得的,至多是

她的一滴泪,

她的一声漠然的冷笑;

但我也甘愿,即使

我粉身的消息传给

一块顽石,她把我看作

一只地穴里的鼠,一条虫,

我还是甘愿!

痴到了真,是无条件的,

上帝也无法调回一个

痴定了的心如同一个将军

有时调回已上死线的士兵。

事实上，这首诗充满了异乎寻常的坚定与决绝，似乎爱竟可以抵达生死一般，它炽烈又畅快，一气呵成、直抒胸臆："为了你，为了你，我什么都甘愿。"据说，这首诗是写给陆小曼的。那时候（1925年），陆小曼尚未与王庚离婚，而徐志摩则深陷情网。诗的开篇是等候，而等到的是"你怎还不来？"，是"你在哪里？"，是"你为什么不来，忍心的！"诗人陷入了"痴"之中。这种"痴"是"已然定向的舵"无法"转拨"，是"已上死线的士兵"无法调回。尽管在当时就有不少人难以理解徐志摩夺人之妻的不伦——徐志摩的老师梁启超就对此深恶痛绝，而如今也有不少人对徐志摩与陆小曼婚后沦入"一地鸡毛"表示遗憾，可是，这种明知其不可为而为之的力量，这种毫不顾忌的痴情和酣畅淋漓的诗意传达，无疑就是爱情本身，是无与伦比的深沉的情感体验，是直达灵魂的强烈心灵震慑。

你是爱

是暖

是希望

你是人间的四月天

林徽因 现代

《你是人间的四月天》 《情愿》

你是人间的四月天

现代　林徽因

我说你是人间的四月天；

笑响点亮了四面风；轻灵

在春的光艳中交舞着变。

你是四月早天里的云烟，

黄昏吹着风的软，星子在

无意中闪，细雨点洒在花前。

那轻，那娉婷，你是，鲜妍

百花的冠冕你戴着，你是

天真，庄严，你是夜夜的月圆。

雪化后那片鹅黄，你像；新鲜

初放芽的绿，你是；柔嫩喜悦

水光浮动着你梦期待中白莲。

你是一树一树的花开，是燕

在梁间呢喃，——你是爱，是暖，

是希望，你是人间的四月天！

你是人间的四月天

林徽因

赏析

林徽因去世后,金岳霖给她送的挽联是"一身诗意千寻瀑,万古人间四月天"。这"四月天"便出自林徽因1934年创作的这首诗作。有人认为它是写给已在天国的徐志摩,而林徽因的儿子梁从诫先生则说,这首诗是写给当年刚刚出生的他的。这两说均有不少人认同,足见这首诗中的意象并不确定,但情感却真挚、灵动得令人难忘。"四月天"便是春天,它明媚、轻灵,充满暖意和希望。

这首诗没有一丝一毫的迟滞，或情诗中常见的哀伤，它只有写不尽的比喻和颜色，细腻又温柔。音乐、绘画，以及韵律的协调，都在这些意象构成的天籁中不断被吟咏，读之使人有说不尽的"如沐春风"之感。它与林徽因留下来的几张照片极为匹配，清丽脱俗，轻盈优雅，仿佛一个不曾老去的神话。万古人间四月天，写的就是经过了秋的瑟、冬的寒之后，爱情理应进入的仙境与天国："笑响点亮了四面风"，"天真，庄严"，"夜夜的月圆"，"一树一树的花开"，"是爱，是暖，是希望"，是永远吸引着人们不吝其愁苦与哀思，乃至生命的向往。

你是人间的四月天・林徽因

情愿

　　　现代　林徽因

我情愿化成一片落叶，
让风吹雨打到处飘零；
或流云一朵，在澄蓝天，
和大地再没有些牵连。

但抱紧那伤心的标志，
去触遇没着落的怅惘；
在黄昏，夜半，蹑着脚走，
全是空虚，再莫有温柔；

忘掉曾有这世界；有你；
哀悼谁又曾有过爱恋；
落花似的落尽，忘了去
这些个泪点里的情绪。

到那天一切都不存留，
比一闪光，一息风更少
痕迹，你也要忘掉了我
曾经在这世界里活过。

赏析

林徽因的爱情观稍显复杂，她既渴求爱情，又无法摆脱礼教，这注定使其爱情要体验彷徨、失落、挣扎，她的诗也因此而多是忧伤。这首诗写于1931年，那时候，她正因肺结核而在香山养病。肺结核在当时是"不治之症"，这让全诗的悲剧感越发强烈，竟是向过去所有"曾有过的爱恋"与"温柔"作最后的道别。诗人自况"被风吹雨打到处飘零"的"落叶"，"和大地再没有些牵连"的"流云"，把爱情与生命等同起来，对二者的稍纵即逝性投入巨大的悲情。"她"只能选择遗忘，"忘掉""哀悼""一切都不存留"，这种决绝、无奈和孤独，在结尾引入对话体时，达到顶峰："你也要忘掉了我／曾经在这世界里活过"。这样的结尾，不仅有哀伤，更有这位新女性特有的达观和对生命的淡然。

我不敢说出你的名字 假如有人问我的烦恼 说是辽远的海的相思 说是寂寞的秋的情绪

戴望舒 现代

《雨巷》《烦忧》《八重子》

雨巷

现代　戴望舒

撑着油纸伞，独自
彷徨在悠长，悠长
又寂寥的雨巷，
我希望逢着
一个丁香一样的
结着愁怨的姑娘。

她是有
丁香一样的颜色，
丁香一样的芬芳，
丁香一样的忧愁，
在雨中哀怨，
哀怨又彷徨；

她彷徨在这寂寥的雨巷，
撑着油纸伞
像我一样，
像我一样地
默默彳亍着，
冷漠，凄清，又惆怅。

她静默地走近，

走近，又投出

太息一般的眼光，

她飘过

像梦一般的

像梦一般的凄婉迷茫。

像梦中飘过

一枝丁香的，

我身旁飘过这女郎；

她静默地远了，远了，

到了颓圮的篱墙，

走尽这雨巷。

在雨的哀曲里，

消了她的颜色，

散了她的芬芳

雨巷·戴望舒

消散了,甚至她的
太息般的眼光,
丁香般的惆怅。

撑着油纸伞,独自
彷徨在悠长,悠长
又寂寥的雨巷,
我希望飘过
一个丁香一样的
结着愁怨的姑娘。

赏析

这是"现代派"象征主义诗人戴望舒的成名作。那是风云激荡的1927年夏,叶圣陶说它"替新诗的音节开了一个新的纪元"。新诗的新纪元,是属于爱情的。梅雨季节的江南小巷,"我"撑着一把油纸伞,惆怅、哀怨、彷徨,还带有一丝希望,独自前行。希望是什么呢?希望是爱情,是逢着"一个丁香一样的/结着愁怨的姑娘"。"丁香"暗含着美丽、高洁和愁怨,而在诗中,这位姑娘与诗人最终失之交臂,留下的是诗人对理想、希望和美好事物的信念与追求。现实中,戴望舒是一个"黑苍苍的彪形大汉",他对笔下的"丁香姑娘"显然有一种求不得之苦,而这种苦在他营造的朦胧幽深意境中,表现得曲折又委婉。

烦忧

现代　戴望舒

说是寂寞的秋的清愁，
说是辽远的海的相思。
假如有人问我的烦忧，
我不敢说出你的名字。

我不敢说出你的名字，
假如有人问我的烦忧：
说是辽远的海的相思，
说是寂寞的秋的清愁。

赏析

　　在戴望舒一生创作的近百首诗歌中，绝大部分是他爱情生活的诗化记录。这首短诗由两节组成，题目为"烦忧"，诗人因何而烦忧？其实，答案不过是"不敢说出你的名字"。而整首诗既没有言明"你的名字"代表着什么，也没有说出"不敢说出"的真正原因。它只给读者留下一隅遐思的空间——恐怕每个经历过爱情的人，都会有带着相思、伴着清愁的一个名字，也都体会过或正在体会着"寂寞的秋的清愁""辽远的海的相思"。整首诗以回环的形式之美，抒发诗人缠绵悱恻的情感与难以叙说的忧愁，而那种"不敢说出"又切中了多少人的心。

八重子

现代　戴望舒

八重子是永远地忧郁着的,
我怕她会郁瘦了她的青春。
是的,我为她的健康挂虑着,
尤其是为她的沉思的眸子。

发的香味是簪着辽远的恋情,
辽远到要使人流泪;
但是要使她欢喜,我只能微笑,
只能像幸福者一样地微笑。

因为我要使她忘记她的孤寂,
忘记萦系着她的渺茫的乡思,
我要使她忘记她在走着
无尽的、寂寞的、凄凉的路。

而且在她的唇上,我要为她祝福,
为我的永远忧郁着的八重子,
我愿她永远有着意中人的脸,
春花的脸,和初恋的心。

赏析

　　本首诗选用日本舞女"八重子"的名字命名，带有浓重的象征色彩，寄托诗人对美好爱情的渴望与向往。诗中，八重子的形象是"永远地忧郁着的"，作为流落在他乡的怀乡人，她"沉思的眸子"中流动着"渺茫的乡思"。这不由得勾起了"我"的怜香惜玉之情：既要担忧她的健康，也要使她欢喜，忘记孤寂，还要"像幸福者一样地微笑"。很难说，这对"我"而言不是一种忧郁而沉痛的爱情体验，而"我"却带着对爱情的向往，持久地努力着、盼望着。八重子身上的忧郁怀乡气质，也寄寓着诗人自身难以排遣的忧愁；八重子走过的路，诗人连用"无尽的""寂寞的""凄凉的"来形容，无疑与诗人自身的心灵流浪相合。于是，诗人写下"在她的唇上，我要为她祝福"，向爱情求助，表现诗人对爱情寄寓的极大期许。

初见你时你给我你的心里面是一个春天的早晨

邵洵美 现代

《季候》

季候

现代　邵洵美

初见你时你给我你的心，
里面是一个春天的早晨。
再见你时你给我你的话，
说不出的是炽烈的火夏。
三次见你你给我你的手，
里面藏着个叶落的深秋。
最后见你是我做的短梦，
梦里有你还有一群冬风。

赏析

　　邵洵美是一位有影响力的唯美主义诗人，可惜知道他的人不多。他曾是上海滩的洋场阔少，也曾与鲁迅打过笔战，更曾在孤岛时期印发毛泽东的《论持久战》英文版，显现出一位爱国主义诗人的拳拳之心。只是，他生不逢时，晚景凄凉。

　　这首诗在邵洵美的诗作中比较特殊，它不是诗人一贯欣赏如《恶之花》般"唯美—颓废"的情调，而显得极为明快，透彻又纯净。诗人用四季变换抒写爱情，"初见"在"春天的早晨"，"再见你"是"炽烈的火夏"，"三次见你"则于"叶落的深秋"，"最后见你"是"短梦"与"一群冬风"。从朦胧到炙热，再到惆怅、失望，诗人在对四季变化与爱情感受的描摹之间，还寄托着些许人生感喟。邵洵美晚年入狱后，与贾植芳是狱友。他心心念念要贾植芳出狱后替他写文章申明，鲁迅说他的文章是"捐班"（即找人代笔），其实不然，他的文章都是自己写的。从这首诗可以看出，邵洵美诗意简洁轻巧，但确实不是鲁迅欣赏的"范儿"。

诗歌作者：林徽因等

　　林徽因，福建闽侯人。中国诗人、作家、建筑学家。她少年成名，游历世界，学贯中西；后半生经历战乱，颠沛流离。丰富而独特的人生经历，使她的诗文，篇篇透彻洞明，句句清新开朗，自然天成。代表作有诗歌《你是人间的四月天》，小说《九十九度中》，散文《一片阳光》，译作《夜莺与玫瑰》等。

诗歌赏析：林玮

　　林玮，文学博士（北京师范大学文学院与美国杜克大学东亚系联合培养），浙江大学传媒与国际文化学院副教授，硕士生导师，江苏省南菁美育研究所副理事长。曾任江苏省南菁高级中学、张家港实验小学集团等名教育机构的首席驻校专家。代表作有《用音乐学古诗》《古诗里的核心词》等。

图书在版编目（CIP）数据

你是人间的四月天 / 林徽因等著；林玮赏析. —北京：中译出版社，2024.5
（最雅情诗）
ISBN 978-7-5001-7443-1

Ⅰ.①你… Ⅱ.①林… ②林… Ⅲ.①诗集－中国 Ⅳ.①I22

中国国家版本馆CIP数据核字(2023)第121082号

出版发行：中译出版社
地　　址：北京市西城区新街口外大街28号普天德胜科技园主楼4层
电　　话：（010）68005858，68358224（编辑部）
传　　真：（010）68357870
邮　　编：100088
电子邮箱：book@ctph.com.cn
网　　址：http://www.ctph.com.cn

总 策 划：刘永淳
策划编辑：范　伟
责任编辑：范　伟
文字编辑：白雪圆
营销编辑：白雪圆　郝圣超
封面设计：柒拾叁号工作室
排　　版：柒拾叁号工作室
印　　刷：北京顶佳世纪印刷有限公司
经　　销：新华书店

规　　格：880毫米×1230毫米　1/32
印　　张：3.75
字　　数：100千字
版　　次：2024年5月第1版
印　　次：2024年5月第1次

ISBN 978-7-5001-7443-1　　定价：68.00元

版权所有　侵权必究
中 译 出 版 社